Benvenuti.

Progetto grafico e copertina: Pietro Pedrazzoli

DUE TIRI DOPO LE 22:00

Eugenio Campana

Da qualche parte ho letto che l'urgenza non esisterebbe senza una scadenza.
E io pensavo fosse una delle solite belle frasi stampate su carta.
Quando il mondo ha attivato un timer nelle nostre vite ne ho capito il senso, però.
Quando il mondo, dopo le 22:00, ha tolto persone e parole dalle strade ho immaginato mi stesse suggerendo qualcosa.
Un compito, tipo.
Il resto viene da sé.
Tutti questi dialoghi non sono mai esistiti, stavano da Dio nella mia testa e tra quelle strade deserte dopo le 22:00.
Grazie per essere qui, hai vinto una birra.
Baci.

Lei crea alibi perché non sa vestire
i segni del tempo.
Dice che non si può sfuggire a qualcosa
che ti sta un passo avanti.
Le ombre anticipano i passi. Non serve
correre.
Non sempre, almeno.

- *Questa sei tu, vero. Ma il resto?*
- *Il resto è solo la vita che prova*
a mettersi di mezzo.

Devo accettare le cose che non posso cambiare.
Evitare di star stretto in ciò che non mi appartiene, rendere gli anni che passano indizi per capirmi.

- *Oggi non so cosa sai di me.*
- *Quello che serve.*
- *E cosa serve?*
- *Sapere che chiedi di me. Ancora.*

Mi hai detto che tocca ridimensionare
ciò che sarà e che importa rendere traguardi i minuti a portata di mano.
Bisognava capire perché farlo.
Prima le intenzioni, poi il fine.

- *Neanche il cielo sa essere sempre
uguale a sé stesso.*
- *Che intendi?*
- *Vedi noi. Tu lo misuri in nuvole,
io in piogge mancate.*

Così imparai che mancarsi è meglio che abituarsi, che è ok essere normali senza mantelli sulle spalle e che il traffico in città lo odio solo quando ho pensieri da scansare.

- *Allora mettici una canzone sopra così non ci pensi.*
- *No, il contrario. Ci penso il doppio.*

Ero al supermercato, sotto casa, ho
sentito il suo pezzo preferito.
Ho fissato tre minuti il banco frigo.

- *Ma che ridi a fare?*
- *Niente, è che sbaglio sempre.*
- *Cosa?*
- *La scelta della cassa più veloce.*
Sempre eh.
- *Tu lo fai di proposito. Che nean-*
che ti accorgi quanto ami le vite de-
gli altri, i carrelli e i bisogni non
tuoi.

Avevano un metodo tutto loro per dimenticare i passi fatti.
Il più delle volte non s'accorgevano
della direzione presa.
Meglio ingenui che indecisi, però.

- *Ma verso dove stiamo andando?*
- *E io che cazzo ne so? Smettila.*
- *Ma che smetto? Io ho bisogno di
farti domande sbagliate per avere risposte giuste.*

Lui le confessò che sarebbe rimasto
bambino per sempre.
Bastava non conoscere il bisogno dei
caffè, dei portafogli e degli orologi.
Ah, le ammise anche che le persone un
po' somigliano agli orologi.

- *Puntuale. Ti descriverei così, si.*
- *E come sono questo tipo di persone?*
- *Quelle come te non ammettono i qua-
si. Arrivano dirette.*
- *Spiegati meglio.*
- *È semplice: quelle come te non ca-
pitano. Accadono.*

Poi se ne sta sola a contarsi i dubbi in tasca.
E non fa domande per cancellarli.
Perché i dubbi sono dubbi, sarebbero risposte altrimenti.

- *Ma perché parli sempre?*
- *Perché se non lo faccio me ne sto in silenzio.*
- *E quindi?*
- *E i silenzi implicano i "come stai?". E io posso sapere tutto il resto, tranne come sto.*
- *Ok, parlami.*

Quei due facevano guerre contro tutto:
le scienze esatte, i meteo indovinati
per metà, i sottogeneri nella musica.

- *Io non ho fretta di alcun tipo. Ho
urgenza di soluzioni. Non risposte,
soluzioni. Che è diverso eh.*
- *In che senso?*
- *Che ne so, tipo noi: sommati ri-
sulteremo errore. Sempre. Ma siamo
una soluzione. E la matematica può
andarsene affanculo.*

- *Mi manchi.*
- *No, non anche tu con 'sta cosa del mi manchi.*
- *Come?*
- *A me non va. Ogni mancanza comporta un'assenza. E tu non mi manchi affatto perché non vai mai via.*
- *Ok, ok. Rifacciamo tutto?*
- *Sì. Tu non mi manchi mai.*

Ti chiedo che farai domani, tu che
farò da grande.
E la differenza è questa: io parlo di
giorni, tu di progetti.
Le altezze esistono anche per chi deci-
de di restare in basso, a guardare.

- *Qualcosa è andato storto, non vedi?*
- *Sì, ma non capisco cosa.*
- *Mi hai chiesto di amarti per come
sei, non di accettarti quando cambi.*

Sto scrivendo da due ore, cancellando
da tre.

- *Ti sei mai trovato in un posto che
non sai lasciare?*
- *Sì, finché non guardi altrove. Sì.*

Lei diceva che il novanta per cento della vita è mancare gli appuntamenti decisivi.
L'altro dieci era credere esistesse fortuna per recuperarli.
E faceva ritardo, sempre. Volutamente.
Quanto amava essere rimproverata per ridermi contro.

- *Ma quando imparerai a non sbagliare?*
- *Quando smetterà di essere così divertente.*

Ricordo com'era. Ricordo quando il mondo non era un acquario. Prima che noi diventassimo pesci, in fuga dall'amo. Prima che vivessimo le vite di un sogno vissuto anni prima.

- *Il riflesso sullo specchio del mondo mi mostra i fantasmi del natale passato.*
- *E cosa ti raccontano?*
- *Il tempo mai speso a inseguirci in queste notti. Ho il terrore del fantasma del prossimo natale.*

Lei ha una linea sul naso.
Non so se dalla nascita o meno. Non importa.
Ne ha una.
Per me, le sue parole le stende lì. Su quella linea.
E se c'è vento volano via. Le cadono in bocca.
Io, poi, so dove trovarle.
Posso raggiungerle, farle mie.

- *Secondo te che fine fanno tutte le cose che non diciamo?*
- *Forse diventano ricordi. I primi da dimenticare, però.*

Lei è donna. Ma odia il rosa.
E forse non ha senso.
O, magari, ne ha per le donne come lei.
Marrone. Direi che è più tipa da marrone.
E se sapesse, mi direbbe: "Ok, marrone come?".
E io sbaglierei, di sicuro.
"Marrone cioccolato, no?".
Preferirebbe il marrone Quercia, tipo.
Che poi fa lo stesso.
Ma che colpa ne ho se sei più legno che una tavoletta da scartare?
Lei è donna. Ma odia essere invitata a cena.
Allora, ok.

- *Preparati per domattina. Andiamo a fare colazione fuori.*
- *Colazione?*
- *Sì. Appena prima del lavoro, subito dopo aver detto buongiorno a nessuno.*

Dice cose che non le stanno bene addosso.
Di tre taglie più grandi, almeno.
E ci affoga da Dio in queste cazzate.
Si sveglia con la fretta di viverci e s'addormenta con la paura che possa finire.
Rido di lei e delle sue idee.
Se si guardasse con i miei occhi non avremmo di che parlare.

- *Tu li hai mai avuti vent'anni?*
- *Sì, tutte le volte che non parli di noi.*

Non bacia mai per prima. Aspetta me.
E io non so mica tirarmi indietro.
"Chi colpisce prima, colpisce due volte".
Avrò sentito questa frase in qualche film, credo valga anche per le labbra.
Parla per evitare silenzi però si lamenta per non averli mai vissuti con qualcuno.
Odia la musica di sottofondo quando scopiamo.

- *Gli orgasmi sono parole, non metterci canzoni sopra. Tu parli durante un film?*
- *No. Mai.*

Non sa nulla su molte cose. E preferisce così.
E se sa, dimentica.
Per re-imparare. Essere nuova.
Mette in conto che tutto possa cambiare. Sempre.
Le manca la grammatica delle cose buone.

- *Ma perché hai una felpa addosso? Ci sono 30 gradi, Cristo!*
- *Tu d'inverno speri esca il Sole?*
- *Sì, praticamente sempre.*
- *Ecco, io ora ho paura diluvi.*

Esistono storie poco nitide. Come la
sua.
A metà tra ciò che pensa di essere e
quello che vorrebbe dimenticare.
Ha dei sorrisi che non le appartengono
e silenzi che dovrebbe evitare.
Non capisco il suo passato, amo il suo
modo di raccontarmelo.

- *Come si chiamano le vie di mezzo tra
essere felici e fingere di esserlo?*
- *Non ne ho idea. Però resta, così
non ci penso.*

Non l'ho mai conosciuta.
Incontrandola, ho solo iniziato a ricordarmi che, nella vita, qualcosa di buono deve pur esistere.
L'arte di mancarsi senza mai appartenersi.

- *Nella mia testa sei questo.*
- *Cosa?*
- *Un lucchetto che non sa chiudersi.*

Avessi le parole giuste glielo direi.
Che la nostalgia sa di birre che lascio
a metà e di canzoni che non so più
ascoltare.
Che vorrei zaini pieni di biglietti solo andata. E che i ritorni servono a di-
sfare i ricordi.
Nient'altro.

*- È come voler vincere alla lotteria
e non comprare mai il biglietto. Che
cazzo ci fai con 'sti ricordi?
- No. Ho chiuso. Non sono più curioso.*

Dice che conserva più momenti che og-
getti.
Non fa foto se è felice.
Passa ore nei negozi d'abbigliamento ma
mette in busta, solo, i miei sorrisi
quando la guardo nei camerini.

*- Che vita è se non fai altro che
ricordare?*
*- Lo so, non riesco. Come il giorno
e la notte.*
- Spiegati.
*- Il giorno è solo una notte che ha
avuto coraggio di andare avanti. Io
no. Non riesco.*

È che non reggo le vertigini.
E non sono all'altezza dei suoi palazzi
di punti fermi nelle mie tende montate
per distrarmi.
Un giorno accorceremo le distanze o
scopriremo un modo nuovo per invertire
i punti di vista.

- *Chissà che si prova a cadere nel
vuoto.*
- *Non so risponderti. Ho paracaduti
ovunque nel mio armadio.*

Abita al secondo piano.
E io vorrei fosse il sesto per avere più
tempo in ascensore e pensare cosa dir-
le, una volta da lei.
Cucina senza saperlo fare.
E io mangio per fame di tempo insieme.
È la prima volta che mi perdona cazzate
fatte.

- *Puoi parlarmi mentre mangi, tran-
quillo.*
- *Dai labirinti entri ed esci dalla
stessa porta, lo sapevi?*

Non ha lacrime abbastanza grandi perché possano chiamarsi sofferenza.
Io, nel mio, ho un sorriso così piatto
da sentirmi perennemente altrove.
Vorrei darle le mie coordinate per essere toccato.

- *Ma dove sei quando non mi guardi?*
- *Nelle tue parole.*

Non so descrivertela.
So altro, però.
Che sceglie musica a seconda del tempo
fuori.
Che ha paura degli horror, ma gli occhi
non li chiude mica.
E so che guida. E che il traffico non
le dispiace mai.
Un po' per guardarsi attorno, un po'
per capire se gli altri scelgono la musica con le sue idee.

    - *Parlami di lei.*
    - *Ok, posso iniziare da quello che
non so?*

Ho pensato che se volessi diventare una ballerina, io ci sarei.
E verrei a vederli tutti. Non a vederti eh.
Verrei a vedere gli occhi di chi ti guarda.
Per incazzarmi se non dovessero farlo come me.
Complimentarmi per il contrario.

- *Ma che hai?*
- *Dico solo che per certe cose non servono istruzioni. Deve andare così e basta.*
- *Tipo cosa?*
- *Tipo te.*

Fosse per me, il tempo l'avrei bloccato a quando avevi le ciglia più grandi dei tuoi sogni.
E non conoscevamo spigoli su cui farci male.
Bisognerebbe coordinare le tue rincorse e i miei addii.

- *Vorrei essere un aeroporto.*
- *Ma che cazzo dici?*
- *Ma sì! Immagina come sarebbe gestire gli arrivi e le partenze della gente nella tua vita.*

Lei era come tutte le cose che non sono mai riuscito a spiegarmi: lo strabismo di Venere, il cinismo degli anziani, l'euforia delle prime volte, la puntualità negli appuntamenti.

- *Vorrei raccontarti a qualcuno, ma preferisco non farlo.*
- *E perché?*
- *Perché si arriva prima al traguardo se si nasconde la mappa agli altri, no?*

Ci si può perdere in 20 metri quadri.
Conta calcolare le priorità.
Per me se non succede è zero, se succede
è cento.

- 	*Ti avevo promesso che sarei restato.*
- 	*E poi cos'è andato storto?*
- 	*Niente. È che ho imparato, solo, a
promettere. Non a restare.*

Mi chiede a cosa penso. Non dico mai
la verità.
"…che 'sta birra durerà anni se non la
smetti di parlarmi" vorrei dirle.
Sa dove sono piatti e posate in casa mia.
Ma non la conosco bene, non abbastanza.
Sorrido più spesso da quando c'è. Più
di prima, almeno.

   - *Che hai in testa oh?*
   - *Smettila di parlarmi o fallo a metà.*
Non voglio conoscerti più di così.

Lei dice che le ultime volte non esi-
stono.
Tre arrivederci non fanno un addio.
Ha pagine piene di virgole. Mai di punti.
Spera sia tutto confuso per non toccare
mai traguardi.

- *È che ho solo idee distratte. Di-
spari.*
- *Prendi fiato, allora. Nessuno sa
stare in apnea con la testa per aria.*

Se potesse conterebbe fino a sedici
prima di rispondermi.
Però dice d'essere istintiva.
Rido delle sue contraddizioni.
La verità sta sempre nel mezzo delle
domande che non sa farmi.
Le sue cose migliori le ha imparate ri-
fiutandole.

- *A che stai pensando?*
- *Puoi ustionarti anche col ghiac-*
cio, lo sapevi?

A volte amare resta la cosa più facile da fare.
La miglior soluzione a problemi che si incastrano tra loro.
Fosse per me guarderei il mondo con i suoi occhi, odierei la vita con le sue idee, le direi i miei segreti con le sue labbra.

- *Sembri spaventata, va tutto bene?*
- *È che pensavo: dici che esistono soluzioni anche senza problemi da risolvere?*

Ha bisogno di raccontarsi finali migliori di quelli vissuti ma stenta a credere negli inizi.
Vorrei capisse che quando ami qualcuno disimpari a vivere nelle scadenze.

- *Se ignori le profondità puoi nuotare anche in una pozzanghera.*
- *Ma vaffanculo.*

Lei gioca a scansare passato, ricordi
e nostalgia.
Io inciampo in quello che potrebbe suc-
cedere.
Dovremmo pur incontrarci, prima o poi.
Non sa tuffarsi nelle mie domande, le
conviene nascondersi in risposte consu-
mate.

- *Dove mi porteresti?*
- *Nei posti in cui sono già stato per
capire cosa significa starci meglio.*

- *Guarda che è tutto relativo, davvero.*
- *Non proprio, dai.*
- *Fammi un esempio e lo ribalto. Spara.*
- *Il tempo!*
- *Ecco: anche il tempo. Se inclini una clessidra, ad esempio, non scorre più nulla.*

- *Le bussole mettile in mano a chi parte con una destinazione. Non a me. Che cazzo ne so io di cosa ne sarà?*

Stanno tutti a cercare uscite di sicurezza, nessuno che entra da porte di ingresso.
Come se il mondo fosse la fiera dei "devo scappare".
Ma dove cazzo vanno tutti se non c'è un posto in cui restare?

- *Scegli un posto. Ci andiamo.*
- *Ok, te.*
- *Ho detto un posto, dai.*
- *Ma io non ho bisogno di dove. Io voglio i perché.*

C'era una strana melodia che li univa
alle volte, come un dito sulla tastie-
ra, la saliva sul microfono, o un crino
di cavallo pizzicato da un archetto.

   - *Tu sei come gli Alphaville. Un pa-
radosso.*
   - *Cioè?*
   - *Se mi chiedi qual è la loro canzone più bella, ti rispondo Big in
Japan. Se mi chiedi qual è la canzone
più bella di sempre, ti rispondo Fo-
rever Young.*
   - *E cosa c'entra con me?*
   - *Nulla, ma avrei due grandi incen-
tivi per venire al tuo concerto.*

Sounds like a Melody.

Ci si mandava affanculo per le solite
cose, robe da chi prova a rincorrere
l'amore senza mai riuscirci.
La visione di insieme,
la gelosia per le mie ex,
il "mai abbastanza" sulle lancette del
suo orologio.

   - *Ok, però una cosa devo dirtela
prima che finisca.*
   - *Spara.*
   - *Si, ma che resti tra noi, un noi
non è mai esistito.*

La sua vita è un'altalena di dubbi e cazzate raccontate bene.
La strada perfetta per la peggiore direzione.
Dovrebbe pesare le sue insicurezza per sentirsi più leggera.

- *Tutte 'ste notti insieme significano qualcosa?*
- *Ho voglia di non stare solo, nient'altro. Se sommi alternative non arriverai mai a una soluzione.*

Preferisce *Profondo rosso* a *La grande bellezza*.
Dice che gli Oscar sono tutte grandi stronzate.
Soggettive, come mille altre cose.
Non colleziona nulla.
Per via della polvere, mancanza di tempo e delle mensole mancanti sulle pareti.

– Hai un'enorme casa vuota, perché?
– Così posso cambiare arredamento tutte le volte che voglio. Solo immaginandolo.
– Dovremmo farlo con le persone. E sarebbero diverse, nuove. Immaginandolo.

Non sto a precisarti cose mie.
Che, poi, mi capiresti prima di parlarti.
E le conversazioni sarebbero tra te e
le tue idee su noi due.
Un monologo del cazzo.

   - *Io, le mie cose non voglio raccontartele.*
   - *E come si fa ad avvicinarsi?*
   - *Non devi. Le cose migliori le apprezzi lontano chilometri. Luna e Sole, tipo.*

Lei fa ricerche sulle nuvole. Le studia.
"Sono tutte diverse tra loro" dice.
Non le rispondo mica.
Le direi che sono un ammasso di aria e
che sanno, solo, trattenere il Sole.

- *Le nuvole non sono altro che espe-
rienze.*
- *In che senso?*
- *Basta cambiare nome ai momenti ed
è tutto nuovo. Diverso.*

"Vallo a spiegare a uno scoglio che c'è
differenza tra onde e pioggia" dico.

Lei gli regalò Vienna su un puzzle.
Lui un'infinità di stronzate e troppe
notti in bilico.

- *La differenza tra noi due è che io
ci metto futuro nei nostri giorni. E
promesse, se serve. Tu solo ipotesi.*
- *E se le mie ipotesi fossero degli
auguri più deboli?*

Poteva farlo tutte le volte che voleva.
Pensare che la malinconia sarebbe ap-
parsa dietro ogni angolo.
E che l'amore fa rima con scadenza.
Prima o poi, eh.

- *Dopo quante volte ci si abitua a
un pensiero?*
- *Dipende. Quanto ci pensi?*
- *Troppo.*
- *Benvenuto nel labirinto.*

Giocavano a dirsi cose che non sapevano con enormi LO SAI CHE davanti.
E facevano classifiche. Classifiche su tutto.
Dai, delle Top 3 tipo.
Classifiche brevi.

- *Allora, vediamo… top 3 dei tuoi attori preferiti?*
- *Di Caprio, Ryan Gosling e… Nicolas Cage.*
- *Ma che cazzo c'entra Nicolas Cage?*
- *Fatti i cazzi tuoi. La tua?*
- *No, zero. Io non so mica i nomi degli attori. Non me li ricordo.*
- *Che fai, vedi i film e non ricordi gli attori?*
- *No, però ricordo tutte le persone con cui vado al cinema. Quello sì.*

- *Ho fatto l'amore con l'idea di tutte le volte che avremmo potuto fare l'amore, ancora.*

- *Ma per te che non fumi, qual è la tua sigaretta?*
- *In che senso?*
- *Voglio dire, voi che non fumate non siete incazzati con noi che possiamo assentarci dal resto con una sigaretta del cazzo?*
- *Tipo?*
- *Tipo, oh vado a fumare una sigaretta. Ti allontani, ti assenti e quando torni è tutto come lo hai lasciato.*
- *Un po' come il tasto pausa sul telecomando?*
- *Esatto. Non ti dà fastidio che io possa mettermi in pausa e tu no?*
- *Ora che ci penso sì, ma mica inizierò a fumare per sta minchiata.*

Poi, un giorno, ho scoperto di non essere speciale.
Le vite degli altri sì, invece.
Tutte le vite degli altri sono così poco risolte che è impossibile non entrarci dentro.
Devo, solo, starmene in disparte a coglierne il meglio.
E scrivere di loro.
Le vite degli altri, oh.
Che stai in metro, tipo, e hai solo dei lineamenti su cui aggrapparti, ma non sai altro.
E tutti diventano tutto. Diventano altro.

Quest'ennesima stronzata esiste per dei 16 mq a Firenze.
Per un gruppo di amici e le riprese in una lavanderia aperta da poco.
Per le corsie dell'Esselunga.
Per i passi che non ho mai contato bene che dividono casa mia dalla sua.
Per Charlie che mangia tutti tranne me.
Per casa nuova al Quadraro, ora.

Puoi anche non essere ispirato, ma hai
due balconi su cui scrivere. E quindi
scrivi per forza.
Per gli occhi di mia madre sotto il Co-
losseo illuminato di sera.

E per le vite degli altri.

www.ingramcontent.com/pod-product-compliance
Lightning Source LLC
Chambersburg PA
CBHW060942130726
48001CB00003B/1015